紫　巷

语泉◎著

远方出版社

图书在版编目（ＣＩＰ）数据

紫巷 / 语泉著. -- 呼和浩特 ：远方出版社，
2023.1
ISBN 978-7-5555-1791-7

Ⅰ. ①紫… Ⅱ. ①语… Ⅲ. ①诗集－中国－当代
Ⅳ. ①I227

中国版本图书馆 CIP 数据核字(2022)第 248298 号

紫 巷
ZI XIANG

著　　者	语　泉
责任编辑	孟繁龙
装帧设计	青年作家网
出版发行	远方出版社
社　　址	呼和浩特市乌兰察布东路 666 号　邮编 010010
电　　话	（0471）2236473 总编室　2236460 发行部
经　　销	新华书店
印　　刷	三河市嵩川印刷有限公司
开　　本	710 毫米×1000 毫米　1/32
字　　数	115 千
印　　张	4.875
版　　次	2023 年 1 月第 1 版
印　　次	2023 年 1 月第 1 次印刷
标准书号	ISBN 978-7-5555-1791-7
定　　价	48.00 元

如发现印装质量问题，请与出版社联系调换

自　序

　　《紫巷》一书即将和大家见面了，负责这本书策划出版的青年作家网汪鑫老师对我说，为了让广大读者更多地了解和熟悉《紫巷》里走过的身影和脚印，应该有个自序为好。我勉为其难，趁着月色尚好的夜晚，林林总总写下了这些文字。

　　《紫巷》是一部情诗集，正如名家推荐语所言，整体上明亮、温馨和浪漫，我希望天下有情人遇上或将遇上这样的爱情，让理想更温润，让情感更甜蜜，让生活更美好。

　　大千世界，无奇不有，爱情却是一个人期望或将幸福的经历。她可以征服一座高山，也能够填平一个海洋。列夫·托尔斯泰说："选择你所喜欢的，爱你所选择的。"哪怕是对方的一个举动、一池微笑，或志趣、习惯，都可能点燃你心中的热望，萌生爱的芽儿，永放一生一世爱的光芒。

　　古往今来，许多爱情诗句，打动无数人觅爱的执着和艰辛。雨雾弥漫的冬夜，踟蹰街头，只为等候她开窗看上一眼；牵手漫过月光朗照的林荫道，一席话像一堆柴火，燃旺一生的温暖；万水千山阻隔一支冰淇淋或久违的拥抱，但隔离不了时空隧道上载满思念的红色信笺。这一切因爱而生，为爱前行，步履间诠释爱的真谛，言语中吐露爱的心声。

　　正因为如此，《紫巷》才得以面世，她不够含蓄、内敛，却饱含真情和温暖，字里行间也留下了许多相思的空白，等待看过她的人去填写心间那份炽热的向往，去诉说获得真爱的幸福，去坦言隐匿于齿的腼腆与羞涩，由此追求和拥有心中的白马王子或在河之洲的秋水伊人。

"文章合为时而著，歌诗合为事而作。"我写下这些与爱同行的文字，希望它能幻化为读者心河的朵朵浪花，洁白无瑕又热烈奔放，泛起明明白白的爱的表达，直至拥有真实的自己、真实的爱。

《紫巷》一书的出版，要特别感谢青年作家网的精心策划，感谢傅实、谭五昌、瘦西鸿等诗坛名家的极力推荐，许棚、刘美英、姚荣分别为《紫巷》题写书名、撰写跋，在此，一并表示深深的谢意！

《紫巷》一书虽经修改，仍有遗珠之憾，不妥处，敬请指正。

2022 年 12 月 22 日　嘉陵江畔

目 录

想　象

打开五月最后一扇心窗
我把你明亮的眼睛
想象成夜空里闪耀的星辰
我把你豌豆荚般的微笑
想象成三角梅的红颜
我把你嫩绿脆甜的笑语
想象成清澈的溪流

不　这还不够
我要把你玲珑的背影
想象成仙女飘然的美丽
把你隐匿心底的梦呓
想象成嫦娥奔月的愿景
把你含而不露的气韵
想象成蒙娜丽莎的静雅

不　这还不够
我还要把你的心思
想象成一条弯弯的小河
把你镜前的沉默
想象成悄然绽放的花朵

把你含情脉脉的呢喃
想象成爱的神圣

就让我做你身旁的影子吧
你能去的地方
我也可以到达
就让我做你希望的种子吧
哪怕是贫瘠的土地
我也要为你发芽开花
就让我做你燃烧的火焰吧
黑夜为你照耀
寒冬予你温暖

可这一切　我又怎么能做到呢
即使不能遂我　如你
我也要充足爱的力量
打破禁锢的心窗
让你的一生
成为我一生的想象

等你　在八楼的时光里

春天来了
我在八楼的时光里等你
等你花朵般的笑容
漫过明亮的窗前
在阳光中暖暖地走来
拧干湿漉漉的孤独

夏天来了
我在八楼的时光里等你
等你的一支冰淇淋
或一个小西瓜
让清凉滚过喉道
让甘甜滋润心头

秋天来了
我在八楼的时光里等你
等你闪亮的眸子
娓娓讲述原野的忙碌
那抹沉甸甸的背影
诠释季节生动的主题

冬天来了

我在八楼的时光里等你

等你长长的秀发

挂满纷纷扬扬的雪花

一朵一朵地攀摘

也摘不完心里的悄悄话

第三首情诗

万紫千红的中央
一丛花蕊向蓝天微笑
抚弄头发的美丽
不经意地流入眼里

种在时光里的青春
在第十九个秋季收获了你
多年以后　迷醉的馨香
萦绕心灵的土壤

夕阳映照的山路
连着乡下的处女地
偎依行走的缠绵
似山水亲吻的画景

烟雨里的琴音

琴音缓缓地流淌
对面屋子里的眼睛
贴着窗户
听得多么认真

沸腾的佳肴
飘出辣辣的相思
柔美的灯火里
升起蒙蒙的雨烟

是谁弹得这么动人
是谁在专心倾听
音符飞舞
两汪秋水羞涩地交映

公交车上

公交车上

打量你的发梢　眸子和裙装

像微风拂过湖心

泛起阵阵涟漪

你让座的那一刹那

磁石般吸住所有的目光

红色的挎包

在你身体上晃荡

我的心在车厢里摇晃

我错过了一站

但没错过你

六月末的遇见

他的耳朵和她的耳朵
贴着湖边的木椅
一起追捧热剧
满眼湿漉漉的微笑
一朵朵飘进湖里

人群漫入雨霁
与天上的云朵一起赶集
他和她没有望云朵
也没有看赶集的人
湖里群鸭的欢叫
让他和她竖起了耳朵

六月的最后一个周末
雨水喂饱的乔木
伸开绿色的手臂
时而抚摸云朵
时而招呼赶集的人

听说你要来

听说你要来
我把月光藏在枕边
向梦的邮箱
投递折叠的思念
记录着等你的分分秒秒
都是一个季节的远

听说你要来
我把心路的红灯调到绿色
让甜蜜的相逢不再迟延
把窗户擦得亮晶晶
让你清澈的笑靥
飞落我的屋檐

听说你要来
我把时间排成温暖的次序
在你爱听的音乐里
升起蜡烛的火焰
在你爱吃的菜肴里
铺上甜甜的心愿

滴答的液体

窗外　走动的人影

稀落街巷　偶尔

车流声如夜的呼噜

拉长平仄错落的弧度

医院四楼的房间　灯光亮着

夜　安静地睡去

液体像钟摆的滴答

叩响血管之门

病床旁边

一双眼睛　默然守护

眼里翻涌的泪珠

一颗又一颗

滴落在夏季的夜里

我没看见你

我没看见你
看见茶卡盐湖上飘舞的红带
看见红带上空深色的蔚蓝
看见蔚蓝里透亮的云彩

我没看见你
看见小火车缓缓驶过湖面
看见湖面翻涌一层层波浪
看见波浪上折射的光芒

我没看见你
看见远天翠绿的山峦
看见山峦落入盐池的画卷
看见画卷上奔流的青盐

星期五的上午

清清的湖水
荡起柔柔的波纹
眼帘垂下朵朵羞涩
叮咚地坠入一片汪洋

电梯门隔开了你我
却隔不开沸腾的念想
潮涌心头的热浪
打湿平平仄仄的时光

一个星期五的上午
我看见最美的风景
那里阳光绽放
你披着金色的衣裳

画　景

对着镜子　我默然凝望
为何见不着你的笑靥
为何读不到你的眸光

我用不会绘画的手
画你的眼睛　在镜子上面
你看到了我　我看到了你
眼里噙满深情的泪花

我画你的唇　在镜子上面
你嘴里溢出的柔言蜜语
比往日还要温暖

我画你的耳朵　在镜子上面
耳朵里滚落的心跳
沸腾每一根血管

我还能画你什么呢
思念的每一寸肌肤
都有不一样的景象

远些　疼兮

窗外　呼啸的海水
摇曳离散的月色

一杯香茗
泡满我的目光
远远的天际看不到你
近近的茶水寻不到你

一汪灯晕
流进我的思量
长长的记忆牵不到你
宽宽的胸膛触不到你

清朗的夜晚
孤独弥漫的声音爬过浪尖
我无论怎样贴近你
你都远些　疼兮

睡在你的思念里

如果你是一团漂泊的云
我愿藏在你的云朵里

如果你是一艘远渡的船
我愿住在你的船舱里

如果你是一曲舒缓的歌
我愿淌在你的音乐里

如果你是一抹清朗的光
我愿睡在你的思念里

初开的情窦（组诗）

十字路口

你骑车　我步行
灯光柔和的十字路口
你微笑　我微笑
清朗的月光
洒在摇晃的书包上

下午第二节地理课
后排男生塞给我张纸条
女老师的目光
停在他的脸上
我浑身一颤
变成惊悚的小猫

语文老师更厉害了
他的国字脸是张晴雨表
时而紧锁　时而舒展
课堂内外的点点滴滴
全在他的脸上显现

去年班里那件稀奇事

捂得比蒸笼还严实

老师从低年级学生的嘴里

问出一串串真相　我们罚站了

正午的操场　头顶的太阳

像一把明晃晃的刀

第三个十字路口

你向左　我向右

渐行渐远的背影里

清脆的响指

打出青春的梦想

月光照在身上　飘到心里

每一处都那么闪亮

邂　逅

正午　桥头的十字路口

一袭红里缀白的裙子

红挎包与修长的秀发

亮丽了渐行渐远的初夏

绿灯　对面的裙子

飘到人行道第七个坎

撞上一位白衣青年
满脸的羞涩
醉了整个夏天

初开的情窦

一个纸团从老师的背面
飞了过来
撞上十六岁的青春
原来　昨天的恶作剧
让一个夜晚留下了泪滴
那是歉意的碎片
她轻轻拆开紧裹的纸团
举过头顶的课本
像神秘的云朵
遮住了脸上的红霞

杏　花

粉红的杏花
悄悄地伸出橘黄色的墙
月宫里走来的姑娘

羞答答地微笑
朦胧的月影
映着水灵灵的容颜
这比月宫里的花好看
这比山里的蜜还甜

咖　啡

你离开家乡已是经年
不知有多远　我猜
只有月亮知道你我的距离
四季的灯火里
每夜飘散着咖啡的味道
那是你对我的牵挂
那是我对你的思念

相　逢

洁白的绸巾　扎紧
河岸上奔跑的倩影
摇摆的头花　披着朝霞
像河里游动的鱼儿

又像晨风中飞翔的小鸟

潺潺的音乐　留住

一袭紫色的运动装

我也留了下来

拐弯处　两朵微笑

陌生又幸福地交集

偶　拾

晚霞将一对黑白的背影

黏成甜甜的依偎

河堤弯弯　葱茏的青春

缠绵如涌动的河流

掀起的波澜

摇曳着暮归的渔船

几只飞鸟兴奋地鸣叫

扇落一地的风

把背影吹进夜的深处

不知去向

一个吻

滴滴答答的雨夜

柔柔美美的光晕

你的吻　飞落我的脸颊

清新　静美　热烈

没有夹杂空气里的尘埃

一点都没有

梦里　吻开始发酵

醉成羞涩的模样

午后的石头

阳光铺尽石头

它发出低低的声音

惊颤燃烧的思念

草暖起来了

蝉鸣一阵紧似一阵

午后的山里

迎来一对新人

红绿灯

街那头是你
街这头是我
红灯挡住横跨的人行道
刘海飘出风的方向
阳光飞进眯起的眼
一只手伸进衣兜
另一只手拽着帽檐
站成深秋的仰望

我在高高的地方看你

我在高高的地方看你
奔跑的云朵
端出五色的棋盘
发光的棋子
点亮天空的蔚蓝

我被偌大的飞行物罩着
小小的透光窗
是我看你的唯一
密密的轰鸣里
似乎听见你的叮咛

我是你手里放飞的风筝
我在高高的云天飞翔
你在低低的河畔守望
无论我飞得多远
心都系着你的方向

一片叶子

月光里　一片叶子

带着一丝羞红

飘到我的怀里

像一只鸟在栖息

这时　屋里灯亮了

茎以一种飞翔的力量

撑起叶的向往

它们紧紧相依　不离不弃

越过春夏的天空

迈入秋冬的大地

悄然地留下

爱的足迹

春天飞扬的辫子

远远的灯火
映亮琴弦上曼妙的音乐
每一个音符
犹如爱你的呼唤
那么热烈　悠长

结识你的那个季节
你扎着辫子
在春天里飞扬
飞得高高的
落到我的心上

我用四季守候你的成长
你也用四季为我守望
每一次经历的挫折
抑或每一次行进的迷茫
你总给我疗伤
给我继续前行的力量

曾经病倒于你的思念
你从远方捎来问候

我拔掉煎熬的针头

向着洒满月光的山梁

一阵又一阵呐喊

与你相爱的每一天

在与不在都一样

你有你的奔忙

我有我的梦想

但两颗心总是向着爱的方向

南湖湿地

故事娓娓地道来
在南湖湿地　在电动车上
在弯弯的石桥

和风柔柔地吹来
在清清湖面　在高高枝头
在飘逸的发尖

绿韵盈盈地走来
在绵延小径　在密密林丛
在微笑的眼里

每一次徜徉　笑语翻飞
聚成欢乐的海洋
每一次驻足　依依相望
眉宇间飞出暖暖的眸光

就这样　情与情交融
就这样　心和心碰撞
微热的天气里
走着幸福的时光

思念的目光

阳光一串串爬上树梢

在十字路口　探望

南来北往的车辆

红裙子的姑娘

娇柔回望

飘逸的发丝

被南来的风吹开成扇子的模样

阳光落在扇子上

溅起道道金光

她的手伸了出来

指着远方　告诉我

车载着我远行

我载着你思念的目光

路灯拨开的雾

从路灯拨开的雾里
看见前方的你
你的背影朦朦胧胧
写满一首诗的含义

迈开步子追逐你
耳边传来风的絮语
曾经因为等你
错过一张车票的距离

去另一座城市的时候
雨　淅淅沥沥
眼里的泪水
加剧阵痛的经历

台灯下　信物的记忆
温暖又清晰
重叠的梦话
打破夜的沉寂

日子与歌声

流淌生命的空间
每一次折叠的思绪
珍藏在心底

不敢打开
不愿重现
只为久久守候
哪怕是无尽的归期

盛开的雪莲

悄悄地望你一眼
那不是你
那是你留给我的画像
你静静地站在那里
站成一朵盛开的雪莲
没有灯火的时候
我习惯绕道你的屋檐
看不见你的影子
却能读到你的容颜
如水一般柔美
似花一样娇艳

温　度

寒冷的空气里
一只手和另一只手
交换心灵　于是
手有了温度
心也有了温度

一个水果和另一个水果
挤在一起　相互依存
窃窃私语
是在谈论自己的美丽
还是在猜测主人的心意

一双眼睛和另一双眼睛
若两条清澈的河水
通往心海的路口
幸福地交集　腾起的浪花
成为海的秘密

遥望那片深蓝

静静地想你　在雪地上
默默地念你　在虹桥边

沿着海滨行走
遥望那片深蓝
似你的眼睛
储满爱的思念

倾听阳光与叶子的对话
一棵树下驻足良久
应一次山的邀约
眼里噙满对远方的期盼

云朵一簇簇飘动
飞鸟一排排歌舞
翱翔云天的风筝啊
何时能落到我的屋檐

今夜　你的眼睛很美

今夜　你的眼睛很美
像娇艳的花朵
又像天上闪耀的星辰

今夜　你的眼睛很美
像梦想的种子　一颗又一颗
冒出鲜亮的新芽

今夜　你的眼睛很美
如同挂满大自然的物语
呢喃生命的定义

今夜　你的眼睛很美
我的眼里淌着你的眼神
陶醉多彩的秘密

一本心书

连续几天　下着思念的雨
打开一本心书
阅读花开的容颜
回味牵手走过幽静小路的时光
眼眶浸满淅淅沥沥的泪滴
纤纤的手指
勾勒跌宕起伏的文字
每一处停留　文字如剑
刺击灵魂的痛
穿越初冬　阳光铺满河水
虹桥的身影生成你的样子
我无法割舍对你的思念
如你无法割舍思念我的忧伤

屋内屋外

柔和的光线

洒向朦胧的玻璃墙

曲曲弯弯

宛如少女灵动的身段

热雾冒出发尖

疲倦的影子

悄然坠落

溅满一地水花

楼下喧闹的声音

在水花中消失

静悄悄的夜　四处弥漫

内心慢慢平静

致敬的礼花（组诗）

打开心书　阅读你

对着窗外朗朗的圆月
打开心书　阅读你

疾驰的背影是书的封面
你这是去哪里
背包装满沉沉的夜色

仁爱是书的卷首语
拧紧时间的发条
用汗水向生命的终极方向奔跑

救死扶伤是书的正文
责任与爱心交织的经纬线
测量出日日夜夜的温度

合上心书　凝视书的封底
你细声叮嘱病人的样子
像一座山　坚强地挺立

送你去车站

去车站的路上
你说的话比我的话多
孩子就交给你了
你要好好照顾自己
提醒父亲每天吃降压药

往回看　你怔住了
盈盈泪光闪亮着微笑
你扯起我的耳朵
男儿有泪不轻弹

你的背影像流水涌动
我的目光似闪电追寻
你再也没有回头
生怕一不小心
滑落比我还多的泪水

你是哪朵

相恋的岁月　蝉鸣闹林

捡石子　打水漂

聆听浪花平平仄仄的歌谣

烛火袅袅的夜晚

偎依　挽手　微笑

温柔的眼神　灼热的心跳

跨年夜

打点行装时　你满眼泪光

是辞别的心痛

还是行将致远的忧伤

候车室里　长长的队列

像奔涌的大河

跳跃的浪花里

亲爱的　你是哪朵

寻你的梦境

灯光把梦照得通明

寻着你的足迹　走向你

红红的玫瑰　灿灿的笑容

幻化绵绵的爱意

涌入你怀里　渗透你心肌

别离的那天下午
我送你去机场
回眸重逢的瞬间
泪水打湿永恒的记忆

你所在的地方
就像今夜寻你的梦境
我一定要找到你
哪怕密密烟雨模糊着
你的绰约　我的记忆

我一定要找到你
冲破沉沉寒夜
送上我温暖的慰藉
抑或不只是红玫瑰
不只是笑意

温暖的表情

年夜里　你匆匆离去
忘记带走给你买的新衣
还有口红和面霜

台灯总是独自亮到深夜

偶尔几个微信表情

天使般飘入眼帘

那是你艰难的思念

我不忍心打扰你

打扰你的专心

急切地回复几个表情

一颗爱心

两朵微笑

三株红玫瑰

都是我贴心的温暖

沉沉的梦里

仿若听到你隔着时空

温情地叮咛

圣洁的婚礼

一封封请柬像红硕的花朵

送给春天的村落

亲朋好友围坐的院坝

一拨又一拨　挤得满满

迎亲那天　母亲的叮咛

编辑成一部金玉良言
责任与疼爱是最多的词儿
够阅读四季　受用一生

如梦如幻的想象
浇灌成雾中花
直到你离去的那天
雾去了　花已枯蔫

镜框里的笑靥结成冰点
不能牵着走进圣洁的礼堂
听不见　贴着胸膛的呼吸
触不到　偎依朝夕的温暖

婚礼下了一场雪
飘落你脸上　我心间
远远近近聚拢的目光
吟叹一对绝世佳缘

两粒种子

轻轻的呢喃
柔柔地唤醒沉睡的梦

眼里升起迎接新生的微笑
一只手和另一只手
久久地握在一起

去往春天的路上
两粒仁爱的种子
悄悄拱破寒冷的大地
结着花开的情缘
一颗绽放坚韧　一颗显现疼爱
挺立出生命的色彩

病毒突然钻进身体
你倒在了病床
心却坚强地站立
深夜还给我发微信慰我安心
同事为你的安危稍稍平静
我才靠近你　握着你的手
不敢嗔怪却莫名地神伤

爱　不一定是身旁的相守
只要心心相印　互诉衷肠
哪怕天各一方　也能相依
虽然苍老一起
但见微笑　但见美丽

今夜 为你削一个苹果

乡村的院落沐浴着
深深浅浅 明明暗暗的月光
那一年 秋风阵阵
你从小桥下的溪边浣衣走来
从书的注脚中吟着歌谣走来
从梦幻里踩着轻盈的韵律走来
羞答答的笑靥染红美丽的季节

一片成熟的秋意
挂满青春的枝头
占据冬的静谧
把一种眼神 一个微笑
投放春天的邮箱
日以继夜盼着回复
即便心境焦灼 忧伤不眠

清朗的圆月呀
都说你可以寄托相思
今夜 可否把我削好的苹果
带给在医院里辛苦的姑娘
让她尝一尝

尝一尝苹果的脆甜
还有我朝朝暮暮的念想

回　家

临近你归家的日子
窗户早早地打开
阳台上　你最喜欢的花草
摆出欢迎的阵势
再邀请风儿过来
一起为你鼓掌

先是为你准备
一句悄悄话　一个大拥抱
然后轻轻地捧着你的脸
左看看　右瞧瞧
寻不到泪花
但见你甜甜的笑

接着为你送上
热气腾腾的佳肴
我亲手做的点心　没想到吧
你教我做的蔬菜丸子

有你的味道　没想到吧

还有我们孩子煲的莲子汤　没想到吧

最让你兴奋不已的

要数那朵鲜艳的大红花

花瓣是你微笑的脸蛋

花茎是你的手掌

喜迎你胜利归来

那是我们向你致敬的礼花

一切都为你准备妥当

阳光洒满屋子

风儿在窗外喊话

快点儿回家

幸福的家

这个春天你早早地换上新装

白色是你的主打

比大地任何色彩都光艳动人

你穿着白衣　用眼神传递着微笑

离别的车站轻轻一抱

孩子说　你流泪的样子更像梨花
挥手之间　你坚强地一笑
给出最美丽的回答
远方　同样是你牵挂的家

微信比以往少了很多
电话几乎成了哑巴
寂寞的文字堆满心房
有一天　我和孩子同时惊呼
媒体把你的故事传成佳话

窗外的玉兰花开得正艳
像天使飞落大地上撒欢
月色如画挂满所有的路口
你轻轻地走来　笑靥如花
我说　你就是我幸福的家

隔窗相望

晨风　细雨　茉莉
伏在窗台轻轻细语

来自江南水乡的女子
隔着纱窗眺望对面

一只手从早到晚
在玻璃上画着同样的表情

楼下偶尔有人进出
手提着东西摇摇晃晃

灯亮了　来来回回的身影
汇聚成一条流淌的小溪

女子又坐不住了
开始走动起来

梦里花开一片
她似花尖的露珠　落上心头

玉兰花

窗外　玉兰花满树地开
最美的那朵站到树尖上
在清晨第一缕光辉里闪耀
红润羞涩　慢慢地生着微澜

是天宫下凡的美人吗
一次次踮起脚尖
拼力地仰望
玉兰花和白云挽在一起
赴约一场春天的盛筵

街灯亮了
屋子里的灯也亮了起来
玉兰花在晚风里微笑
透过窗户　我眼里的爱意
抵达心田

枕头上的哭泣

说不清是爱你
还是恨你
泪水溢出眼角
在脸上奔流成小河

无数个彩色的梦境
发誓为你守候
为你这样的守候
点亮子夜的台灯

鱼肚白的天空
探望窗口　华灯初上
你的影子
出现在我身后

后来　你隐匿我的惦记
微信堵塞了秘密
把我丢在十字路口
痛　撕裂心头
枕头上的哭泣
止不住在夜深处的湍流

茶　思

送你古树茶的时候
天空飘着云彩
窗外　江面上的渔船
慢慢划动
打捞金灿灿的晚霞

一片片茶叶揣着心思
轻轻上扬
吻着你弯弯的唇
绿绿的清香
跌宕起伏的心房
飘向弯弯的月亮

两根手指勾在一起
弯弯的心桥
开始着无言的心跳
朵朵笑靥
如冲泡的茶花
开出苦中带甜的心思

温暖的牵挂

深冬的小屋
举起一束束火把
写下一行行密密的文字
温暖着思念

亲爱的　北方的严寒季
比南方更冷些
别忘穿上那双棉鞋
能抵御大地的冰凉

摇摇椅荡起欢声笑语
草地上牵着风筝奔跑
你蹚进小河沟　阳光下
惊动了畅游的小鱼

拧动或明或暗的灯光
甜蜜的画面清晰地重现
每一个画面
都能看到你的笑容
唤醒曾经的年华

我和你

树叶对花儿说

我和你

脚　行走在大地

心　相触在云里

同沐日月　共担风雨

你赋我生命的芳菲

我佑你青春的绽放

小溪对大海说

我和你

遥隔万里贴着呼吸

我敬你宽阔的胸襟

你慕我追寻的执着

踏尽一路坎坷

也要和你拥抱一起

太阳对月亮说

我和你

因为一个梦想

日夜轮回

光　给了万物

热 给了大地
万物和大地朝夕相依

相思豆

一颗豆子
浸润南方雨水
长出红红的相思

一封书笺
投入绿色的邮箱
绽放春夏秋冬的颜色

一轮圆月
挂上高高的夜空
思念爬满每扇心窗

一帘幽梦
叶　相触在云里
根　紧连着大地

梦

晚霞铺满海面

一阵又一阵海浪

涌向海滩

你追撵着我

我追撵着海浪

溅起的浪花

打湿金色的头发

坐在小溪边的大石头上

你数着水里的星星

我画着天上的月亮

柔柔的水波拍打着脚丫

一边打出快乐的水漂

一边聊着甜蜜的既往

急促的马蹄声

奔驰在辽阔的草原

你紧抓着马鞍

我挥动着马鞭

云朵就在身旁

远处是白色的毡房

近旁是成群的牛羊

我们划着小船
不经意间
闯进一片森林
满林子的蝉鸣
拨开季节的迷茫
我摘一朵野花
轻轻地插在你的头发上

热一阵　冷一阵
风吹开惺忪的眼
傻傻地凝望窗外
阳光飞了进来
思念翻涌
大海　草原　森林
如梦里的海浪
不停地拍打着我的心房

行走的背影

思念撑起那把雨伞
那把从南方寄来的青色的雨伞
那把绣着双色茉莉的雨伞
那把小小的开合自动的雨伞

记得是秋夜　雨密密地下
街巷溅起许多水花
你默默地　缓缓地
徘徊在若隐若现的灯影里

楼下是细细的脚步声
楼上是关切你的眼睛
你的衣服湿了
我的眼眶也湿了

是夜的梦河涨满
淹没了南方的小镇
小镇上你默默地　缓缓地
行走在若隐若现的灯光里
仿若今夜你离去的背影

短歌（组诗）

守　望

风吹进夜的房间
这是你卧榻翻身的响声吗
伸手摸过去
是一个孤独的枕
我重新将它移到腋下
紧紧地抱着　嗅着
风停了　我也醒了
阳台上　风吹冷的月光
织成无数根思念

想　你

想你
如算盘上古老的珠子
拨上拨下
只为求出最大的公倍数
忙碌的珠子　加减乘除
春夏秋冬的变化

每一个季节
想你的倍数　都在增加

细　胞

我希望自己是个可爱的细胞
植入你的身体
长出善良和质朴
又有仙人掌的刚毅
在生命的四季里
为你抵挡风雨寒霜
守护那颗柔软的心

童　话

你那灵秀的眼里
开出无数小花
我伸手触摸　一朵又一朵
最后摘走的
是你笑靥里的童话

回家过年

初春的路
热望流向故土
嘉陵江水
长出嫩绿的诗歌
一只晚归的船
伊人站在村口
望眼欲穿

远方来的微信

一条远方来的微信
飞落眼帘　泪珠
在行走的阳光里
簌簌下落
我不知道　我不知道
你是否听见
书里密密凝露的文字
变成了震耳的鞭炮

樱　花

一小朵是樱花
一大朵是你
都挤在春天的怀里
争宠呢

粉红的重逢

粉红的屋子　挂满
一串串粉红的记忆
粉红的微笑簌簌飘落
粉红的衣袂跳入
粉红的眼帘
织染一个粉红的世界
那些粉红的言辞
流入仲夏粉红的星夜
粉红翻江倒海

奔跑在晨风里

清晨　沿着青石板的小径

奔跑在晨风里

沐浴新鲜的朝阳

迎接新一天的希望

突然　密密的脚步

踩痛了我的背影

时而欢快　时而轻盈

我不敢回头

怕你盈盈的目光

碎了我的脚印

雨　伞

人行道上

你我的雨伞

碰出湿漉漉的微笑

你匆匆地走了

我也匆匆地走了

只有两朵微笑

留在了人行道

黄昏之恋

夕阳吻过的河堤
挂满沉沉的暮色
一把被岁月剥蚀的木椅
如你苍老的容颜

蒲扇摇出夏季的风
微微地凉过我的额发
我躺在你的膝盖上
欣赏着你的微笑

年轻时的故事
成为河里摇曳的小船
你和我坐在小船上
数着天上的星星

把心灵的种子
丢进清朗的月辉
时光的大地
长出爱的树苗
你看着我　我看着你

窄窄的小巷

那一年　进入北方的校园
新生报到　你提着三个行李包
我微笑着接过其中一个

那一月　你去了远方
我守护心中的小岛
等你归来　载誉归来
可你迟迟未归
一封书信　让我在暮色里病倒

那一天　落叶缤纷的小巷
一把橙色的雨伞
被风吹翻　和落叶一样
飘落孤独而幽长的雨巷

你和我
久久地拥抱
一朵美丽的浪花
翻涌窄窄的小巷

你的目光

面对你的温情

我该用什么方式接纳你

是准备一束鲜花

还是喝一杯温热的下午茶

抑或　开启一场浪漫的旅行

我觉得　这些都不够

那就让我用思念接纳你吧

在华灯初上的夜晚

在小桥流水的河畔

在绵绵细雨的小巷

拥你入怀

也许这还不够

若是这样

我在你的世界播下灵性的种子

每一个季节

你能收获绿叶和花朵

泪 滴

你的泪滴
是晶莹的耳坠
没有挂在耳垂上
却挂在你心里

一颗又一颗
涌出眼角
脸色像雪白的花儿
一朵又一朵
挤进初秋忧郁的日子

远远地想着
近近地看着
你的眼里爬满焦虑
我的眼里噙满忧伤的泪水

雨一直在下

思念如火

在密集的雨里　熊熊燃烧

手持薪火的人

坚守柴火旁

跳跃的火星

窜出屋顶

雨灭不了它

它疯狂地朝着风的方向

燃烧远方

雨一直在下

受冬的邀约

把寒冷的叶子

铺满深秋的街巷

行走你熟悉的道路

雨　悄悄地飘落

又悄悄地流走

火　却无尽地蔓延

叶　子

一片又一片

轻轻地　轻轻地飘落

它们在地面上打个旋儿

悄悄地溜走了

这让我想起

你寄给我的文字

多像眼前的叶子

一行又一行

轻轻地　轻轻地飘落

它们在心河里打个旋儿

潺潺地　潺潺地

开启了自己的航程

无形的梳子

风是把无形的梳子
慢慢地梳过岸边的杨柳
细长的柳枝
如她飘逸柔美的发丝

人流如潮的车站
发丝轻拂我的肩头
但在我脸上
打个旋儿就溜走了
至今我的呼吸里
还留有它的香味

岁月给我寻找的眼睛
我用它来寻觅她的踪影
偌大的书屋
她清晰地站在那里

她是那么美丽
在浩荡春风里
我多想成为一块土地
让柳枝插在那里

风梳过她细长的发丝

柔柔地抚酥我周身

重　逢

阳光洒进校园
暖暖地照在两颗心上
一颗扑通扑通地跳
一颗柔柔地漾

短暂的重逢
吹来阵阵秋风
轻轻地捧起你的脸
微笑着擦干泪滴
时光甜甜地撞进
偎依的怀里

你离去的背影
像一枝行走的柳枝
插植在我心灵的土壤
垂下绿荫时
那里春暖花开
那里河水泱泱

阅读曾经的故事

拧紧钟表的发条
让时间的脚步走得更远
一分一秒的嘀嗒
叩问你归来的季节

遇见你的日子
叶子正绿
星星爬上树梢
偷望着你的欢乐

该怎样接纳你
藏匿许久的秘密
又该如何告诉你
长在心里的思念

我把换季的衣装
折叠放进你的柜台
每一次打开
都适合你阅读

记　忆

闭上眼睛
怎可安稳地睡去
你牵着我的手奔跑在草地
没有风　但有你的裙摆
飘然如树上飞来的叶片
在草尖上起舞

我背着你蹚过弯弯的小河
脚底的石子和泥沙
发出深深浅浅的声音
你静静地听着水声

山峦上红霞渐渐隐去
风拨动山脚的一泓池水
你摘着星星　我摸着月亮
不约而同地欢笑
惊飞一树树山鸟

海鸥在渔船上空盘旋
太阳照在宽阔的海面
你迎着一波又一波浪花

小心地寻觅
海螺带来的故事

窗外绿叶在风里飘摇
犹如你美丽的微笑
落进枕里
成为一生一世的记忆

眼　泪

第一次写信给你
眼泪在眼眶里睡眠
周围熟悉的环境
仿佛你就站在那里

再次给你写信
眼泪在眼眶里浮动
依然能坚持住
没掉下多情的泪滴

你去的地方很远
像我绵长的牵挂
又是那么的近
每夜出现在枕边

今夜　眼泪从眼眶里掉落
浸湿红色的信笺
每一滴眼泪
浇出一片思念

仙 桥

轻轻地　轻轻地

飘然而至

弯弯的石拱桥

烟波浩渺

栏杆上五彩的灯光

透射出

他的帅气　她的美丽

凭栏远眺

五颜六色的鱼儿

结伴游来

它们打开仙境之门

跳起欢快的舞蹈

男女相视抿嘴而笑

手牵着手

轻轻地　轻轻地

走过梦幻般的仙桥

没有利息的牵挂

雪花飘落在幽幽的小巷
拐角处　柜前年轻的女子
轻轻地说　微信里的零钱
不足以支付
手里那杯奶茶
但她依然递给我一支吸管
那盈盈的笑容
在我回眸的霎那　绽放

再次经过小巷
站在她那紧锁的门前
久久徘徊
天空似乎又飘下了雪花

多希望有一天
能见到她的微笑
再次接过一杯奶茶
顺道向她支付
一笔没有利息的牵挂

走进秋天

你是寻着桂花的芬芳去的
你是踏着月色的婉约去的
你是为着那一笺承诺去的

靠着树干　默默地仰望
月亮在眼里流动
桂花悄悄地撒落
花香飘到你的鼻尖　绕着你的周身

你脚下的地面
是偌大的金黄色地毯
今晚　你盛装出席
满身香气地走进秋天

风儿轻轻地鼓掌
鸟儿伴你歌唱
小草披上星光好奇地探望
轻抚你眉下的眸光
有你的季节
永远飘着丹桂的芬芳

一封书信

烈日里
一封书信
被邮筒拒绝

街对面
两只眼睛
不安地探问

眉宇间
挤满愁容
心　忐忑不安

或许错了一字
或许漏了
最钟情的告白

永不熄灭的灯

灯突然熄灭

蜡烛点亮空寂的夜

手捧着脸

像摊开一本书

你用眼睛阅读

用心灵记录

而我透过你的眸子

看见你心灵的记录本上

密密麻麻地写着——

灯熄了

蜡烛亮着

蜡烛熄了

心却亮着

忠实的石堤

垂柳是你修长的秀发
弧桥是你弯弯的眉毛
月亮是你明媚的眼睛
河水是你涌流的血液

而我是你近旁坚固的石堤
尽管岁月为你搽上了面霜
我依然如故守护你身旁
从晨光醒来到华灯初上
从绵绵风雨到晴和阳光
你不嫌我沧桑
我不弃你性子的激昂

春天里　分享你给予的芬芳
迈过火热的盛夏
欣赏你成熟的丰韵
这一切都是在为你收藏
就这样我们一路向前
风雨兼程抵达梦的远方
打开尘封的记忆
我依然站在你身旁

垂柳是你修长的秀发

弧桥是你弯弯的眉毛

月亮是你明媚的眼睛

河水是你涌流的血液

秘　密

风堵在路口
吹落五颜六色的伞
街头一隅　拾起
微红的笑颜

你款款而来
用力地撑开紫伞
幸福的秘密
被风吹散

沿着风的方向
寻着秘密　寻着你
你飘拂的背影
成为春天的秘密

街头的仰望

夜色漫上屋檐

灯亮了

落下的星光

照亮街头站立的人群

寒冷的街头

一个孤独的身影

仰望着漆黑的夜空

拍了拍肩上的行囊

耳旁似乎又响起

大珠小珠般的唠叨

滑落静静的心河

泛起的微澜

溅满匆匆而去的背影

秋的色彩

金色的叶子
映在了你的眼里
一束阳光
把你的发丝染成金色
你站在深秋的路口
读着过往的行人
喜悦和思念
爬满眉宇
你渴望遇到一些事
或一个人
随心而来　却成为
这个秋的色彩

盼 归

五彩灯火
照亮曲曲弯弯的路
汪汪的清溪
浣洗朵朵迷茫的眼神

风打开春寒料峭的盒子
孤冷　在第一次等你的子夜
拥进了我的梦境

该拿什么去温暖呢
是对你火焰般的思念
还是你娇滴滴的昵语

这既近又远的热烈
刺痛每根静默的神经
渐渐疗愈
搭建你心桥的竖琴
流出悠长而甜美的回音
一直呼唤你的归来

挂在心里的名字

离开校园那一季
你的影子飘得很远
而你的名字
常年挂在心里

从书本里寻找你
歪歪的文字
冒出歪歪的念想　期望
看到阳光下歪歪站立的你

从相册里寻找你
那莞尔一笑
才知道岁月的距离

我问过季节
也问过迁徙的鸟群
它们匆匆离去
眼里落满苦涩的泪滴

紫　巷

轻轻地　轻轻地
飘进寂寞的小巷
小巷满墙的绿藤
细细地　细细地
抚摸你紫色的衣裳

缓缓地　缓缓地
走在惬意的小巷
你那双明亮的眼眸
似两只悠悠的小船
悠悠地　悠悠地划向
微风吹来的方向

渐渐地　渐渐地
微风吻过你的脸庞
吻遍整个小巷
慢慢地　慢慢地
小巷变成紫色的模样

我寻着你

日子发酵成酒
酌一杯等你
你啜饮一口
醉成摇摆的模样

翱翔天空的飞燕
模糊在你眼里
月影下站立的身影
越来越清晰

十字路口的霓虹灯
踩出密密的脚印
你寻着隐约的灯光
我寻着你

有你真好

风儿打盹的时候
轻轻吻过你的额发
你嗔怪地一瞥
脸上闪现甜美的微笑

脚下清澈的小溪
是一架锃亮古筝
清晰的影子飘过
拨开爱的旋律

柳枝吹过来了
鱼儿游过来了
撩动水面的燕子
成为山的精灵

天空繁星闪耀
石头兀立着守护
你怦怦的心跳
淹没我的眼神

叩　问

晚风挽着霓虹灯
散步在几字形的廊桥
树儿靠上去探问
为何夜这么迷人
霓虹灯自豪地回答
我是城市黑夜的眼睛

河流觅着山道
蜿蜒逶迤成远方的路
船儿撵着追问
你这是要去哪里
河流没有回答
吟唱出欢乐的歌声

白雪积满垭口
积满重重的脚印
心儿叩问五彩的晚霞
你为何不把白雪融化
晚霞撩起裙裾
默默地沉下山林

幸运的眼睛

是谁的画笔这么神奇
潇洒一挥
呈现五彩缤纷的世界

是谁的设计巧夺天工
泥坑变成清澈的小湖
岸上飘拂的柳枝
恍惚踏入人间秘境

是谁的眼睛这么幸运
每一处土地上的流盼
充满着甜甜蜜蜜的温情

日　子

走在南方的路上
看见北方
漫天飞舞的雪花
如鹅毛　似针芒

端出麻篮
热乎乎的炕上　一针一线
织出毛衣　鞋垫
御寒的衣裳

漂泊南方的人
工地　厂房和街巷
单薄的身影
落下节日的惆怅

日子搅动苦寒
北方闪闪透亮的星光
她织着毛衣　鞋垫
御寒的衣裳
偶尔朝村口望望

紫色的围巾

萧瑟的冬日
密密的细雨里
一抹紫色的围巾
从虹桥那头
飘了过来

模糊的视野
瞬息敞亮
一泓清清的溪水
缓缓流淌
只为追寻昨夜
梦已抵达的地方

越来越近　越来越明
看不到雪花
看见她带雨的面庞
如第一场冬雪
洁白无瑕

寒意如此接近万物
风　冷冷地扑来

雨　刺透大地的肌肤
而那抹紫色的围巾里
藏着暖暖的春意

除夕之夜

火盆里的木炭
蹿出红色的火苗
思绪落入灰烬
不经意触碰　很烫

手机里储存的那段日子
暖如冬阳
晨光洒满小院
鸡毛毽一上一下翻飞
心和眼神随你而去

那条清清的小河
流经老家的门前
昼夜唱起欢乐的歌
淘菜　洗衣　打水漂
母亲的大声呼唤
唤醒石拱桥下走失的记忆

你悻悻而去的背影
坠落山里的夕阳
泪光和月光一样晶莹

彻夜难眠的懊悔
用一生都不够补偿

大年夜的马路
路灯比往日亮得更久
由远及近的脚步声
踏着雪声的韵脚
飘来熟悉的轻吟

动车上

你如秋池的泉水
闪着灵动清流的光芒
你的身体碰触到我的身体
互相默视　又相互微笑

乘务员查验车票
你着急得束手无策
我第一次勇敢地证明
你报我以微笑

你递给我一本诗集
我翻到最后一页
你的眼神移了过来
不约而同小声地念着

爱是一粒圣洁的种子
它长在陌生的环境里
机缘是它的土壤
行动是它的温床

月光之恋

月亮睡在摇篮中
吱呀　吱呀
妈妈摇出最美的月光曲

月亮站在树梢上
像移动的镜头
捕捉牵手的身影

月亮落进黄昏里
模糊的时光
洒满幸福的记忆

北方和南方

北方的雪地里

一双亮晶晶的眼睛

遥望着南方

而南方的河堤上

一抹孤独的背影

被夕阳拉得很长

北方和南方

就这样遥遥相望

目及之处

一会儿忧郁

一会儿晴朗

翠绿的山坡

静静地坐着
远方城市的灯火
隐约可见
翠绿的山坡
近乎身旁
山鸟偶尔飞过
扇动朗朗月光

如果山水可以互换位置
我应是坐在宽阔的海面
数着归来的船只
静听你靠岸的声响

默默地坐着
坐在翠绿的山坡
思念如滚滚的车流
流往城市的灯火

心香一瓣

如丝　如缕　如幻
浅浅地飘落梦里
唱出婉转的歌声

歌声飞上高高的山梁
白云听见了
让出蓝色的大道
飞鸟追逐歌声
融进淡淡的蔚蓝

歌声飘到低低的河堤
小河看见了
拉着它一起奔跑
向着春天
向着大海的怀抱

飘呀　飘呀
飘进无边的梦境
树梢闪着灿烂的金光
密密的脚印　印得清晰

小册子

你给我的　我给你的
每一个问候
都记在小册子里
密密的　连同每一个标点

月亮打开娟秀的文字
浸润甜美的梦乡
种植的希望
长出幸福的新芽

流金的岁月
抹上生命的颜色
田埂边的萤火
城市里的灯光
小桥上的守望
夜半三更的失眠

因为你　也只为了你
册子记录得满满
却记不完　对你的望眼欲穿

红格子信笺

思念饱蘸昏黄的灯光
叠叠红格子信笺
挤满密密的文字
还有不同形状的符号
犹如星星闪耀的光芒

如果文字是亲近你的方式
那么符号是对你相思的表达
北方和南方
挂着白雪和暖阳
只要彼此依靠
就可以融化成爱的海洋

写不尽依依惜别的回眸
道不完缠绵缱绻的时光
回忆　夕阳下牵手的身影
编织　夏夜五彩缤纷的梦

展开信笺　此刻
也许　你显露微笑
也许　你读到思念的忧伤

但你一定不会知道

南方和北方的路上

这封信笺承载着多少梦想

晚风轻轻地敲着窗户

文字汩汩地流淌

逗号　顿号和感叹号

像漂浮水上的自由之光

越来越多　越来越远

直抵幸福的远方

你的眼睛是明亮的灯

风雨交加　电闪雷鸣
赶路的前方　黑压压的云
黑云压着你奔跑

山崖上来了很多人
你离我很近　很近
比黑云还黑的山洞
你的眼睛是明亮的灯

你的目光　透亮我的心
婉转流盼的眼
腾起热乎乎的气韵

暖和的灯
暖和着我的胸膛
抚摸窄窄的臂肩
绽放出茂盛的青春

红玫瑰

一座城市背靠另一座城市
一枝红玫瑰
走了三百六十五天

只因为两颗心的牵挂
或是在黎明抵达
或是在夜晚来到窗下

捧在他的手心
或揽在她的怀里
默默地传递爱的温暖

屏蔽的时光

习惯在熟悉的路口
邂逅满面春风
哪怕是一堆忧伤
也会小心收藏

习惯站在路口
看着那个方向
蓝色飘来的时候
捺不住惊喜和热望

习惯沉浸于热望
梳理一同飞翔的时光
从不丢失你的期待
和你给予的光芒

辣甜的呼吸

扑面而来的春风里
弥漫你的气息
触不到你的形体
但闻你辣甜的呼吸

阳光暖暖地照射枝头
船儿游弋在河里
我坐在河边的石头上
打起水漂　快乐地想你

近了　近了
呼吸漫上长长的河堤
小小的河床
涨满思念的涟漪

呼吸着斜阳细柳
呼吸着你的呼吸
自由的春风里
洋溢着爱的秘密

春 色

春天是缠绵的季节
你挽着我　我缠着你
走着　瞧着　思忖着
陶醉在春光的怀里

春天是播种梦想的季节
把春风植进山河
山河吟唱荡漾的春曲
把春雨洒向大地
大地长出翠绿的画景

春天是生机勃发的季节
希望刚刚融入春泥
春泥就把绿意送给大地
如果我把爱送给你
你是否会给我葱茏的春意

我不想和昨天说再见

我不想和昨天说再见
心头栽植对你的愿
春风叩击心扉
露出美丽的颜

我不想和昨天说再见
山路留下对你的恋
泥泞里的寒冬
孵化沉甸甸的温暖

我不想和昨天说再见
海水托起感情的帆
即使风雨交加的危难
一起护航着安稳的船

我不想和昨天说再见
只因　你今天要离别
翻晒一摞摞光阴
醉了金灿灿的华年

伞的叮咛

细雨轻轻地　悄悄地
溜进发丛　打了个旋儿
怯生生地爬上眉梢
窥视游弋夜里的眼神

远方是一棵树
可爱的人儿不知去向
一把伞　孤独地守望
而眼神守望着伞的孤独

风渐渐地靠近
悄悄地带走了伞的叮咛
（不知啥时候可爱的人儿回来了
撑起的伞在雨中微笑）

靠在你的身旁

坐着　静静地坐着
靠在你的身旁
背着风的方向
看不到霓虹灯　却见
霓虹灯闪耀在你脸上的光芒

你的蛾眉如月
似晚归的船舱
载满甜蜜的瓜果
发射出迷人的芳香

荷叶帽在烈日里晃动
你像一只调皮的羔羊
快乐得像神仙一样

近近地站立
远远地守望
宛若鸟儿自由地飞翔
甚至梦里　甚至想象

我不是画家

画不了你鲜亮的形象
我不是竖琴
弹不出你美妙的乐章

让我靠近你吧
紧紧地　　紧紧地
靠在你温暖的身旁

邂逅丽江

阳光照进溪水

变成暖暖的波纹

顺着波纹流淌的方向

站着一位穿红裙子的姑娘

她的一只手高高地举过头顶

遮挡着涌来的阳光

另一只手藏在水里

偷偷地搂着阳光摇摆的腰身

樱桃般的小嘴

唱出美丽的歌谣

他站在岸边　　默默看着

嘴角扬起波纹

那歌声不小心打翻了

手里的柚子茶

湿了他宽宽的衣襟

寻找迷失的你

冒着密密的细雨
走过铺满奇异石头的街巷
无论怎么细看
都还是陌生的身影

借问凌空飞舞的彩练
彩练摇头回应
那些闲游的溪水
似乎浣洗过你的脚印

纵横交错的路口
见不到熟悉的踪影
成为无言的伤痛
一把被雨水淋湿的木椅
发出低低的叹息

走失的你
几时能回到怀里

传递心跳

从梦里醒来　决定
用半晌的时间
走完一天的距离
然后　轻轻地
靠在你温暖的肩头

与你一起
数着天空明亮的星星
化成溪水里闪闪的银鱼
数着五凤楼隐隐约约的灯火
迷醉游人的眼神

你把爱的信物　高高举过头顶
又慢慢落到我温润的手心
瞬间　绚烂的丽江之夜
变成一片静海
连空气也失去流动的力量
只有懂你的晚风
悄悄地钻进你的怀里
把一种心跳　传递
给另一种心跳

一叶承诺

许一叶爱的承诺　去远方
是梦里开出的花朵
目光朝着窗外　努力地浇灌
希望结出甜蜜的香果

天空落下夜幕
客栈的廊道
铺满亮晶晶的星星
手捂着手的感觉
比以往任何时候都真实

你莞尔一笑的模样
就是一朵绽放的花
谁走近你
谁的灵魂就被燃烧

点燃每个角落的蜡烛
越燃越亮的烛光里
你就是我　我就是你
把璀璨的星夜牢牢占据

雪　花

疲惫的背影

拉长牵挂和思念

铺满雨雪的小径

摇曳着

你温暖前行的记忆

你踽踽独行

凛冽的风

吹灭心头的烈焰

但可爱的你

变成漫天雪花

一片又一片

飘落人间

单车姑娘

黑白组合的背影
引来一束灼热的目光
她疾驰在寂寥的小巷
比一道闪电还亮

拐弯处遇见晚霞
她的脸羞成一朵红花
夏天吹出微凉的风
细细地抚弄她的额发

她飘上一座小桥
与天空默默对话
让我做一朵白云吧
住进你蓝蓝的家

绿草茵茵的江边
她静静地伫望
与江水嬉闹的霓虹
扰动码头听潮人的心灵

一对暮归的小鸟

裁剪一片夕阳

落下的红　醉染

溜进林海里的姑娘

叫醒清晨

太阳从山里缓缓升起
她早早地起床
习惯推开那扇窗
远眺青黛色的山脉

她抚弄阳台上的花儿
朵朵馨香沁入她的心田
偶尔吟唱的小曲
惊飞栖宿屋檐的瓦雀

瓦雀欢飞蔚蓝的天空
间隙的啁啾
啄醒湿漉漉的清晨

她搁置手里的绿水壶
眺望灵巧而可爱的瓦雀
奋力地搏向云端
她眉宇间隐藏的童年
她脸颊浅浅的笑靥
随着它们快乐地飞翔

她慢慢地走下扶梯
风儿轻轻地吹拂她的刘海
又撩起洁白的裙摆
这一切像池水里的波纹
变幻成美丽的画影

她倚靠池边的石栏
微笑着池水里的微笑
小石子掉入软软的水草
溅起的水声里
响起此起彼伏的蛙声

三楼的灯火

推窗远眺
魂牵甜美的梦乡
明亮的灯火
飘落在寂静又美丽的街巷

仰望三楼
密密的细雨
湿透清丽可人的模样
看不见月光
但见簇簇火星聚集
慢慢地靠拢　燃烧疼痛的思念
第一次成为雨夜的主角

今夜　弯弯的雨巷
一个人静静地守护
另一个人默默地仰望
谁都可以劝住自己
谁也没把自己劝住
这长长的雨夜
这寂静又美丽的街巷

遇　见

穿越窄窄的巷道
我的目光被你的声音触碰
落下的脚步
踩出忙不迭的惊喜
那扇关闭许久的心窗
瞬间敞亮　暖暖的问候
潮湿每一段记忆
阅读你的每一个细节
一波又一波浪花
在心里折叠

如果时间可以换取空间
我愿意用一生的季节
种植你的心愿

你的步履匆匆而去
你纤瘦的背影
让我经历了一场伤寒

走出梦境

小河淌过清晨的梦境
微风柔柔地吹拂笑脸
晨曦朗照软软的胸膛
鸟儿嬉闹明净的窗前

昨夜滴下的雨水
是否回到了水塘
那喜出望外的蜻蜓
踩落一地的晶莹

梦里行走的背影
穿过洒满阳光的树林
小木桥下的响溪
流出长长的思念

绿意翻涌辽阔的草原
遥远的天际线上
背影化成一只手掌
轻轻挥别红彤彤的云彩

梦见你了

窗外　风声很大
雨声也很大

我在梦里行走
听不见风雨
听见你微醺的呢喃

摘一朵梅花
站在厚厚的雪地
暖暖地等候

你是我的对面

你是一面镜子
成为我的对面
每一次看你
能窥视我的内心

我无法躲避
决定向你交出所有
穿过岁月的一针一线
缝补密密的忧愁

轮回的季节
相遇你浅浅的笑靥
别离的夜晚
梦里挂满深深的思念

习惯朝着对面
那是一面镜子
透射出迷人的光芒
和不老的容颜

萍　聚

站在街口左顾右盼
约定的时间
车上下来期待已久的背影

小巷很短　一根竹竿的距离
两个影子的脚印
丈量一次漫长的旅行
重逢的火花让心路通明

相遇的日子酸酸甜甜
谁都不愿提起离别的钟点
隐忍着不舍
压弯一树树岁月芳华

心　思

红黄蓝绿紫的灯光
照亮城市行走的脚步

秀美的眸子　恰似
美丽的火焰
越来越近　越来越烈
直至潮湿的内心烤得干裂

历史与现实孵化的文字
让桥耐看又好读
而你清澈明亮的小河
成了我的心思

习 惯

习惯选择阳光明媚的周末
踏上弯弯的小桥
看着小河行吟的背影
它是要去哪里
只有大山知道它的秘密
风推开山门
让它悄悄流过

徜徉月色皎洁的江堤
目光编织成大网
打捞满江游弋的星光
远岸逶迤的村落
放映过去与未来的话剧
隐隐约约的渔火
那是渔家春夏秋冬的牵挂

对着风雨中的绿叶
絮语翩翩起舞的花朵
花朵曼舞到哪里
绿叶就飘飞到哪里
它们不离不弃　同沐风雨

让一个季节的色彩

成为生命永恒不变的主题

悄悄话

晚风吹拂岸边的河柳
河柳以纤柔的手指
轻弄着木椅

挤在车站的出口
聆听着列车的声响
狂风暴雨挡在伞外
挡不住眉宇间的热切期盼

爬满南瓜藤的田埂
是乡村的气息
背影和夜色着上清朗的月光
濡湿村口远远的呼唤

河岸　车站　村庄
温情牵手　悄悄诉说着
若一叶弯弯的小舟
悠然地划向岁月的长河

夜空的仰望

朦朦胧胧的视觉
量着渐行渐远的背影
饮醉酒的脚步
踩碎沉沉的夜色

穿越岁月的缝隙
路灯拾起遗落的时光
折叠悠远的诗词
香醇枝头对夜空的仰望

冬　埋下遇见的种子
裂开春天的大地
长出一茬茬新绿
成为日子流淌的歌谣

梦往晨曦的驿站
望眼欲穿　风
换来如花的笑靥
微醉浅浅的一生

走近与疏离

　　这次，我有幸读到诗友语泉的爱情诗集《紫巷》，读后，我的胸口无法呼吸，像严重缺氧，来回在屋子里喝冰水，以此补充氧气。这不是夸张，是作为一个脆弱写作者对文字的解读，在成为情感读者之后，莫名地对诗歌文字有种敬而远之的防卫冲动。

　　谁与谁的交锋，都是在感情有了某种碰撞以后，才会擦出爱的火花。细读语泉的每一首情诗，或快意，或隽永，或深情，或笃定……字句中，既是生活的点滴，又是高于生活的灵魂诉说，就像一个人，将"心窗"打开，向世人袒露最原始的真实。

　　爱，很多时候只是一个微笑的邂逅，便已是一生无法安放的想念。曾有人说，一个男人，如果真心爱一个女人，是不可能忍住不去找她的，除非爱还不够真、不够深。有些爱，到了一定年龄和处境，往往又深埋在内心深处，只期待她安好、幸福。

　　多希望有一天

　　能见到她的微笑

　　再次接过一杯奶茶

　　顺道向她支付

　　一笔没有利息的牵挂

　　　　　　　　——《没有利息的牵挂》

诗人语泉的这首《没有利息的牵挂》就是如此，爱到深处，只能向自己的内心呐喊，这份"喜欢"与"希望"就足以说明对"她"爱得深沉、爱得微妙。

台灯下　信物的记忆

温暖又清晰

重叠的梦话

打破夜的沉寂

日子与歌声

流淌生命的空间

每一次折叠的思绪

珍藏在心底

不敢打开

不愿重现

只为久久守候

哪怕是无尽的归期

——《路灯拨开的雾》

爱，不是诗人的专属，却已超然普通人对爱的细腻捕捉。如果说诗人笔下的爱是一种闷不作声的回响，那么现实中很多人的爱，无疑是在变幻莫测的世间熬成甜蜜蜜或酸涩涩的汤药。但很多人又甘愿守着这份甜蜜与痛苦，因为，这才是真实的人生。目睹着曾经的"信物"，虽有颇多感慨，却也"不敢打开/不愿重现""只为久久守候/哪怕是无尽的归期"。

就让我做你希望的种子吧

哪怕是贫瘠的土地

我也要为你发芽开花

就让我做你燃烧的火焰吧

黑夜为你照耀

寒冬予你温暖

可这一切　我又怎么能做到呢

即使不能遂我　如你

我也要充足爱的力量

打破禁锢的心窗

让你的一生

成为我一生的想象

——《想象》

最喜欢诗人语泉先生的这首《想象》，几个转折下来，让我们好好体验了一把什么是爱情，和爱情的初体验吧。

当一个男人爱上一个女人，又未曾表白时，我想，很多时候都是在"想象"里泛着相思的涟漪。这丝涟漪有着莫名的甜蜜与微妙的自我满足。"我也要充足爱的力量/打破禁锢的心窗/让你的一生/成为我一生的想象"。

或许，每个人的内心，都有一个"想象"的爱人，"让你的一生/成为我一生的想象"，这份深爱而不得，又能自我内心满足的爱，或有些阿Q精神，但也未尝不是对自我情感的一种救赎。人是有感情的动物，即使没有伴侣，内心和精神的丰盈，也能令人阳光般地生活，不然，就会是黑暗与焦灼，或是更恐怖的未知。这份"想象"恰恰是对内心美好的一个映照。心怀美好的爱情，自然会有美丽的遇见、相识、相知……缺乏情感的美好想象，内心就会被黑暗吞噬，这将是一个人不美好或危险的征兆。

我想，这也是诗人语泉先生写《紫巷》的初衷吧。在情感的世界里，打开心窗，才能更好地接纳新的事物，才能让我们在爱的路上更纯粹，更美好，更有爱，更懂得爱的初衷与真谛。

不管是《等你　在八楼的时光里》，还是《第三首情诗》《叫醒清晨》《挂在心里的名字》《枕头上的哭泣》《夜空的仰望》《心香一瓣》……写到深情之处的，都是情深意浓的爱。

爱情，就是致命的走近与疏离，越往深处越充满荆棘，一路或像玫瑰花园一样美妙，令人流连忘返，一路或满丛荆棘，刺痛得人遍体鳞伤。无论哪种，情至深，则无敌。美好的诗意，令我们对爱充满期待。愿我们每个人，打开心窗，走进真实的爱情，疏离痛苦，享受疼爱与幸福。

2021 年 8 月 14 日写于北京朝阳双桥中路

（作者：刘美英，北京大学青年作家班首届学员、中国诗歌学会会员、剑厚文化传媒北京总社社长。）

跋二

今夜我又来到你的窗外

诗风：小夜曲风——浪漫 婉转 悠扬

"今夜我又来到你的窗外/窗帘上你的影子多么可爱/悄悄的爱过你这么多年/明天我就要离开……"

曾经读过语泉先生的诗集《让月亮温暖着眼睛》，今年初冬又读他到的《紫巷》，每每翻读时，这首小夜曲就在耳边轻轻萦绕。

小夜曲原指夜晚演唱的爱情歌曲，它起源于中世纪欧洲骑士文学，那些文学作品中经常有行吟诗人在黄昏或者夜晚或者清晨于恋人窗前唱情歌的场景，作品流传到西班牙和意大利后，作曲家尝试着把文学作品中的描述变成音乐创作，于是音乐题材的小夜曲就出现了。莫扎特、舒伯特、古诺等都创作了不少的小夜曲。多数小夜曲描述氛围的安谧，诉说爱情的美好，往往给人一种愉悦放松的感觉。

今年的寒冬时节，比哪年都来得早些。可是在深夜睡前的时候，伴着嘉陵江水的轻轻流淌，静静地读那么几首《紫巷》，内心着实涌起一丝丝温暖。那一首首情诗或浪漫温馨或灵动流畅或轻盈悠扬或缠绵婉转……一如"小夜曲"。今夜 你的眼睛很美/我的眼里淌着你的眼神/陶醉多彩的秘密（《今夜 你的眼睛很美》）。《想象》《等你 在八楼的时光里》《六月末的遇见》

《听说你要来》《烟雨里的琴音》《睡在你的思念里》《重逢》《路灯拨开的雾》《枕头上的哭泣》《月光之恋》等，无一不在给情人说着悄悄话，唱着小夜曲。

意象：伊人在水——朦胧 纯洁 清丽

白马湖畔立王子，嘉水岸边有伊人。青青子衿，悠悠我心，哪位女子的心里没有藏着一位克洛顿？在水一方，有位佳人，哪位男子的怀里没有住着一位伊摩琴？我有我的玉树临风帅君子，你有你的梨花带雨美静女。

万紫千红中央/一丛花蕊向蓝天微笑/抚弄头发的美丽/不轻意地流入眼里（《第三首情诗》）

清清的湖水/荡起柔柔的波纹/眼帘垂下朵朵羞涩/叮咚地坠入一片汪洋（《星期五的上午》）

爱上一个人能要多少理由？我觉得他好，那便是全部。你肯定喜欢我，不然为什么你要长成我喜欢的模样？入目无他人，四下皆是你。

主题：陌上花开——相思 相知 相守

没有撕心裂肺，那不叫爱，没有刻骨铭心，那不叫情。爱上你只用了一瞬间，忘记你却要用三世三生。爱就是债，三生三世的债。不，这些还不够！问世间，情为何物，直教生死相许！一寸相思一寸灰，肯信愁肠百折回。

如果时间可以换取空间/我愿意用一生的季节/种植

你的心愿/你的步履匆匆而去/你纤瘦的背影/让我经历了一场伤寒（《遇见》）

一份相思苦，两泪独自流，又携相思重上楼。当晚风吹过相思，心窗正在轻轻打开。一个人不叫孤独，思念一个人才叫孤独！思念到极致，孤独到极致，就爱到极致。

远方是一颗树/可爱的人儿不知去向/一把伞　孤独地守望/而眼神守望着伞的孤独（《伞的叮咛》）

爱一个人，不是一时的牵手，而是一世的牵心。愿有岁月可回首，且以深情共白头。众里寻他千百度，牵挂佳人在何处。

听说你要来/我把月光藏在枕边/向梦的邮箱/投递折叠的思念/记录着等你的分分秒秒/都是一个季节的远（《听说你要来》）

何为"心心相印"？你可能在一个人面前一文不值，却在另一个人那里是手心里的宝；我不需要你多完美，我只需要你能让我感觉得到我就是你，你就是我。"根，紧握在地下；叶，相触在云里。每一阵风过，我们都互相致意。""身无彩蝶双飞翼，心有灵犀一点通"，这就是相知的美妙。

你的背影像流水涌动/我的目光似闪电追寻/你再也没有回头/生怕一不小心/滑落比我还多的泪水（《送你去车站》）

什么是嫁给爱情的模样？你把微笑成串地撒向我，从此我不再饥肠辘辘；愿得一人心，白首不离分；月亮弯了，我在十五等你；与我立黄昏，问我粥可温……

　　他的耳朵和她的耳朵/贴着湖边的木椅/一起追捧热剧/满眼湿漉漉的微笑/一朵朵飘进湖里（《六月末的遇见》）

　　总之，语泉先生重视诗歌意象和比喻的奇特，反映出诗人对现代生活中某些具有时代气息的思想的独特观察和感知方式；惯用细节描写和通感的修辞，巧妙地表达了那种说得清却道不明的"爱"，使他的情诗达到了一种明月照佳人那样的婉转而清纯的境界。

2021年11月29日写于白塔山下

　　（作者：姚荣，四川省南充市白塔中学语文高级教师、语文教研组组长、四川省优秀班主任、高考优秀评卷教师，指导学生参加作文大赛多次获全国一等奖，发表论文多篇，参与编撰多部高考复习教材。）